すべての
恋が
終わると
しても
140字の忘れられない恋
冬野夜空

忘れられない恋
～後悔を抱きしめる夜に～

叶わなかった恋
～過去に浸りたい夜に～

イラスト／ゆどうふ

挿絵／おさかなゼリー

デザイン／北國ヤヨイ（ucai）

140字の忘れられない恋

すべての恋が終わるとしても

一瞬の優しさ

『男女の恋愛の感覚って根本的に違う』

誰かの言葉。

女性は先を見据えた恋愛なのに対して、
男性は付き合うのがゴールらしい。

「最初から知ってれば変わったのかな……」

付き合う前の方が楽しかっただなんて。

体を重ねる前の方が優しかっただなんて。

私が一番好きな時には、　貴方はもう隣にいないだなんて。

ただの友達

「友達に戻ろう」

彼からの言葉だった。

この言葉が出た時点で全てが手遅れで。

だから、引き留めはしなかった。

「でも、辛いよ……」

何事もなく話しかけてくる彼に、
手の温もりや、抱きしめてくれた時の安心感を思い出す。
けど、その記憶に蓋をして、
強がりから思ってもないことを言う。

「友達だもんね！」

この想いが届きますように

友人は、亡くなった彼に毎日ＬＩＮＥを送っていた。
返ってこないとわかっているのに。
前を向く為にもうやめた方がいいと言う人もいた。
けど送り続けて、ある日返事があった。

「息子の事を思い続けてくれてありがとうございます」

それは彼の母からだった。

報われない様な行動でも、

誰かの心は救われるんだ。

かえるの王さま

〝蛙化現象〟世間に浸透した言葉。

今でこそ、想い人の理想と違う言動を見ると

冷めてしまうことなどを指す言葉だけど、本当は違う。

グリム童話の『かえるの王さま』が由来で、
蛙になった王様が姫と過ごす中で
最後には元の姿に戻るというもの。

「きっと、その人のお姫様じゃないから
蛙化が解けないいんだね」

元カレの柔軟剤

元カレと親友から、同じ柔軟剤の匂いがした。
最初はただの偶然かと思ったけど、
意識して見ているとインスタでの
共通点の多さで悟った。
「気まず……」

そしてなんだか寂しかった。
彼との思い出は全て親友に上書きされてるみたいで。
親友としてきた恋バナは
全てが嘘でできてたみたいで。

「柔軟剤変えよう」

一番のクズ

「お前だるいな」

口は悪くて当たりは強い。

「今から会える？」

冷たいと思ったら急に呼び出すのは
都合よく抱くため？

「悪い、飲み会入った」

デートより優先の飲み会って何。

そんなクズな彼だけど、別れられなかった。

この人とじゃ幸せになれないことくらい

わかってるのに。

意志の弱い私が一番のクズだ。

一生の推し

「おばあちゃんどうしたの」

認知症の祖母が唐突に化粧をし出した。

「どうして急に?」

「この素敵な方がいらっしゃるから」

一枚の写真を見ながら、

まるでアイドルを見る女の子のような表情をした。
この歳で新たな恋かと驚いていると。

「素敵でしょう」

見せてくれた写真には
亡くなった祖父が写っていた。

くしゃみ

『ふげっ』

変な音は彼のくしゃみだった。
花粉症でなぜか私がティッシュを用意してた。
歩む道が違ってもずっと一緒だと思っていたのに
気づいた時には彼はいなくて。

「ふげっ」

春の陽気の中、懐かしい音がする。

「もう私の代わりいるんだね」

ティッシュを差し出す彼の隣を見て、

私の春の終わりを悟った。

結婚ってなに

「結婚してほしい」

彼からの言葉。
稼ぎもあって家事もする完璧な彼氏。
もちろん嬉しいけど、私は知っている。

二人で飲み行く同僚がいること、
財布に夜のお店の名刺が入っていること、
忘れられない元カノがいること。
どっちを選択したって、いつか後悔するんだな。
なんて思いながら「はいっ」と笑った。

脈アリ

「恋人作らないの？」

おっとりした君に聞かれた。

「できたらいいな」

と答えたことを友人に報告する。

「あの子、天然に見えて策士だね」

「策士？」

「その質問って脈アリか確認するためだから」

脈ナシならいらないとはっきり答えるけど、
脈ナシだと曖昧な答えにしがちだとか。

なるほど

「確かに脈アリだ」

会えるだけでよかった

「好きだよ」

彼は私を抱く時にしかそう言わない。

一夜の熱は朝方には冷めていて。

でも、その一瞬を愛してくれるのならよかった。

彼氏と惚気《のろけ》る友人、街を行く恋人達。
急に呼び出されてホテルに行くだけの私とは大違い。

「いいなぁ……」

羨む自分が嫌いだった。
会えるだけで満足してた時は幸せだったのに。

誕生日の通知

朝起きたら通知が来ていた。
カレンダーに記されてるのは彼の誕生日。
ちゃんとリマインドして、
欲しがってたプレゼントも用意した。
なのに、肝心の貴方は隣にいない。

本当だったら二人で素敵な一日を
過ごしてた筈なのに。
「ねえ、どうして……？」
私がいるのに、どうして
他人を助けて事故になんて遭ったの？

ヤリモク紳士

直接会うまでは凄く紳士的だと思っていた彼。
初対面の待ち合わせで、
どう声をかけてくれるのかと待っていた。
私を見つけると顔、胸、脚の順に
確認する様に視線を動かし、

それから「初めまして」と笑った。
共有する時間は楽しく、エスコートも完璧。

でもそれは、
品定めした異性を落とす為のものなのかな。

きみに貸した本

「何読んでるの〜っ」

教室の隅で読書する僕に君はいつも声をかけてきた。

「私も読む！」

なんて言って貸してるうちに、
気づけば共通の話題で仲良しに。

ただ最近は貸した本に折れ目が付いていることがよくある。

それも、大抵がデートのシーン。

「なんで目印なんてつけてるのさ」

「……君としたいな、って」

私を好きじゃない貴方

「ごめんなさい」

ずっと好きだった彼からの告白を断った。
彼はいつも恋愛相談してきて、だから私が見ている彼は、
私じゃない誰かを見ていた。

でも、気づけば私だと安心すると感じたらしい。

だから断った。

私は、私じゃない誰かを見ている貴方が好きだったから。

私を好きじゃない貴方が好きだったから。

重たい女

「私を忘れないで」

別れた君の言葉。

重たい女だと思った。

でも次第にその言葉の意味がわかる。

君からの電話に出ない為に番号を残した。
君と会うことのない様に住所を忘れなかった。
そうやって、〝今後交わらない為〟に
君のことを覚え続けた。
だから君も、僕のことを覚えたまま
誰かと幸せになってください。

サプライズ

「車を買い替える時って恋人を乗り換える時なんだって」
友人は私に聞きたくもないジンクスを言った。

先日車を買い替えると宣言した彼。

少し気にしている中で。

「俺と結婚してほしい」

差し出される結婚指輪。

車代と嘘ついて貯金してたらしい。

少しでも心配していたのがバカに思えて
「はい」と破顔した。

さよならまでの時間

泣くことが増えた。
行為の回数が減った。
睡眠時間がすれ違った。
私が泣いてても、心配するのではなく
背を向けて寝たフリをするようになった。

寝たフリをしながら返信してる相手の子って誰？

「なんで変わったのかな」

私の好きな貴方はもうどこにもいない。

最後に、引き止めてという期待を持って言った。

恋の授業

いけない感情だ。
クラスの男子でも、部活の先輩でもなく、
先生を好きになってしまうだなんて。
最初は私の質問に優しく答えてくれたのが嬉しくて。

次第にその横顔を素敵だと思って、
気づけば質問そっちのけで先生を見ていた。
「恋心なんてお願いしてないよ……」
教えて欲しいのは勉強だけなはずだったのに。

別れた彼の面影

五年付き合った彼と別れた。
それだけ長いとどこに行っても面影を感じて生きづらい。
だからまず引っ越して。
彼の好みから程遠い内装にした。
日常から彼を消そうとして、気づく。

結局彼中心に考えてしまっていることに。

涙が込み上げた。

「だって、本気で好きだったんだよ……」

だから幸せな日々に戻ってよ。

コインランドリー

一人暮らしを始めてコインランドリーを使うようになった。
最初は便利だから使っていたけど、
そこには決まった時間に同じ人がいた。

「お、今日も来たんだね」

乾燥機を待つお姉さん。

きっと歳上で余裕を感じる素敵な人。

「今日も良ければ話を聞いておくれよ」

彼女がいるおかげで、僕の衣類はいつも綺麗だ。

ただ好きなだけなのに

「別れよう」

必死に繋ぎ止めていたものは呆気なく終わった。
何が悪かったのかな。
忙しい貴方の負担にならないようデートを我慢した。

電話も減らして、気づけばＬＩＮＥは一日一通に。
全部貴方に合わせたんだよ。

……わかってる、これが全部重いってことくらい。

でも、それだけ貴方のことが好きだったんだよ。

残念なプロポーズ

「結婚してくれ」

容姿端麗で仕事もできて優しい。
そんな彼のプロポーズは、
指輪を無くしたからと、
箱だけを差し出してきて

「いつかここに指輪を入れて渡すから」と言った。
不測の事態にも堂々とそんなことを言う彼に
感心すらしたけど、こう返す。
「大切な時に、大切な物を失くす人とは結婚できません」

抱いたら満足するくせに

「君は幸せになるべきだ」
そう言われてイラッとした。
自尊心を満たす為に男に抱かれることも、
抱きたいと思われる為の努力をする日々も、
私にとっては幸せなのに。

だから挑発する。

「じゃあお前が私を幸せにしてくれんの？」

「そのつもりで最初から言ってる」

はぁ。

言う人は皆んな体目当てだった。

通学電車

毎日同じ時間の電車で通学してると
車両にいる人を覚えたりする。
……彼のことも。
いつもイヤホンと小説に意識を向ける横顔の綺麗な彼。
でも今日は様子が違って緊張してるよう。

イヤホンは無く手には一枚の紙。
どうしたのかと様子を見てると、
それは私に差し出された。
そこには『連絡先教えてください』と。

私の幸せ

彼は気に入った場所やお店を纏《まと》めるのが趣味だった。
「来訪の為じゃなくて纏めるのが趣味なの？」
「もちろんまた行きたいけど、
お気に入りの数って幸せの数だと思う」

だから幸せな趣味なのだと言っていた。

彼に倣《なら》って私も纏めるが、

どこも彼と行った場所ばかり。

「……じゃあ貴方を失った私の幸せはどこ？」

助手席

エンジン音が響く。
君がもう僕のことを好きじゃないと知って、
ひたすら車を走らせた。
君がいたはずの助手席は寂《さび》れ、
一緒に聞いた曲は全て失恋ソングに聞こえる。

「僕はまだ、君のことが好きなのに――っ」

脇道に止めた車の中で、

声も涙も枯れるまで泣いた。

惨《みじ》めに、でもこの気持ちが本物だと確かめる様に。

五月一日

「綺麗ですよね」

花屋を眺める俺にそう声かけた君。

白く小さいスズランは、

色白で小柄な君にぴったりだと思って贈った。

それがきっかけ。

その日はフランスでスズランの日と言って、
愛する人に渡す日らしかった。
俺の行動を告白だと思って
慌てていた君を懐かしみながら、
毎年お墓へスズランを供えている。

都合のいい女

私は浮気相手らしい。
「本命な人がいるんだ」なんてこと、
関係が終わる最後の時まで知りたくなかった。
私はどこまでいっても二番で都合のいい女。

周りが「そのままじゃ幸せになれないよ」と言うけど、

そんなのわかってる。

でも、今の幸せは、彼との時間だけ。

だから

「私は望んで都合のいい女でいるよ」

占い

「恋愛占いは末吉か……」

普段は占いとか信じないけど
都合の良い時だけは味方にしたくなる。
好きな人に告白する時とか正にそう。

彼のために新調した服をやめて、
ラッキーカラーの白いワンピースを選んだ。
「なのに振られちゃったなぁ」
恨めしく占いを見返す。
彼の魚座には
『白紙に戻る白色には注意』と。

彼の後悔

亡くなった人の後悔が見れるという。
不慮の交通事故で亡くなった彼の後悔は、
きっと私と出会ったことだと思った。

「私がわがまま言わなきゃ事故になんて……」

その罪を私は背負おうと、
後悔を知るため足を運んだ。
そこで知らされる彼の一番の後悔。
そこには〝君を幸せにできなかったこと〟と。
ごめん、と。

蛇《へび》化現象

「君はいつも可愛いね」なんて言って
彼はなんだって肯定してくれる。
些細なことで冷める〝蛙化現象〟とは正反対。
そんな蛙ごと飲み込む蛇みたいに、
私のことを丸ごと受け止める彼は

きっと〝蛇化現象〟なんて言うんだろう。

「私、蛇好きかも」

「えっと、それはちょっと……」

そこは受け入れてくれないらしい。

恋人の境界線

週末は彼とお酒を飲む。

恋人ではないけど特別な相手。

「友達と恋人の境界線ってなんだろう」

そんな議論を酒の肴《さかな》にした。

色々話す中で

「キスできるか、かな」

その結論でお互いに納得する。

お酒を理由に彼にもたれかかると、

振り向けば唇が触れ合う距離だった。

でも体を離されて悟る。

私じゃダメなんだ。

友達の境界線

週末は君と酒を飲む。

恋人ではないけど特別な相手。

「友達と恋人の境界線ってなんだろう」

そんな議論を酒の肴にした。

色々話す中で

「キスできるか、かな」

その結論でお互いに納得する。
酒を理由に君はもたれかかってきた。
迫ればキスできる距離。
でも自制して体を離した。
酒の流れに任せたくないから。

最後の瞬間

「さよなら」

貴方との別れ。

今までたくさんの時間と感情を共有してきたね。

脳裏には笑顔や困り顔、怒った表情なんかも浮かんだ。

「あれ……?」

じゃあ、最後の瞬間にはどんな顔をしていたっけ。

……うん、違う。

泣いてる姿を見せたくなくて、
貴方がどんな顔をしてたかなんて
見ないまま去っていったんだ。

「ある日、道端で彼女を拾った」

短編　忘れられない恋

捨て猫を拾った。
いや、正しくは、捨て女子高生だった。
路地に三角座りで俯《うつむ》いているこの子が、昔拾った子猫に、あまりにも似ていたから。だから、不用意にも声をかけてしまったんだと思う。

「大丈夫、ですか……？」

制服姿のその子は、ところどころ薄汚れていて、路地に座っているせいでできた汚れだけには見えず、その場で寝転んだか転倒したか、そういう汚れ方だった。
ショートボブの髪はくたびれているようで、目尻には涙の跡も見え、元の肌の白さも相《あい》まって、汚れが余計に目立っている。

「…………」

返事はない。

十秒にも満たない沈黙が横たわると、関わらない方がいいのかもしれないという警戒心が顔を覗かせ始めた。無意識に足が帰路の方向に向かいそうになる、と。

――ぐー。

と、なんとも愛らしい音が聞こえた。

それは、わかりやすい、人間の生存本能から発せられる、ある種のＳＯＳだった。


「お腹減ってるの？」

「…………」

「帰ったらご飯作ろうと思ってたけど、よければ食べます？」

訳あって、今日は何も考えずに爆食してやろう、という気持ちだったから、タイミングの良いことに、食材は二人分よりも多い量が入った大きめなビニール袋を片手にぶら下げている。

「食材多くあるから、多分一人じゃ食べきれないし、種類も色々作れると思うけど……」

完全に捨て猫に餌をやる感覚だったのだけど、でもこれは側から見たら、まるで男子大学生（大人）が女子高生を言葉巧みに拐《かどわ》かしているようだった。

その危険性を自覚した時には、彼女はどうにか自分の足で立ち上がり、肯定の返事代わりに、もう一度腹の虫を鳴らして見せた。

人目のない路地だったからよかったと、それもまた危なげな思考で安心しつつ、ふらつく彼女を心配しながら帰路へと着いた。

こうして、俺は捨て女子高生を拾った。

帰宅すると、何よりも先に風呂に入れた。入れたと言っても、沸かしておいた風呂に勝手に入ってもらっただけなのだけど。

どうしてあんな場所で干からびてたのかはわからないけど、姿を見るに久々の風呂だったのだろう。安否が心配になるほど風呂でゆっくりしていたみたいで、待っていた小二時間、俺はひたすらに色々な料理を作った。

和食、中華、洋食、好みがわからなかったから、どれかひとつでも好みに擦《こす》ればいいなという思いで。側《はた》から見たらパーティーか何かかと思うような食卓——食卓といっても置き切れなかったから、他の場所に置いてあったローテーブルなんかも持ち出してきた。

そうこうしていると、少女が僕の貸した、できる限り綺麗な状態が保たれた軽装を羽織ってリビングへとやってきた。

「…………」

「…………」

口をぱくぱくさせながら何かを言おうとしているのに言葉にならない少女と、それを待っている俺、という構図が、しばらくの静寂《せいじゃく》を生んだ。けれど、途中で口を閉ざして話すことを諦めたらしい少女を確認して、ようやく俺の口は開いた。

「ご飯、たくさん作ったから、一人じゃ何日分の量かってくらい。だから、遠慮なく食べてね？」

見ず知らずの男について来てしまうくらいには腹を空かせている少女を思っての言葉だった。

「ありがとう、ございます……」

「――っ‼」

それは初めて聞く少女の声で、なんだかとても嬉しく感じられた。その鈴を転がしたような声音をもう一度聞きたいと、適当なことを言ってみても返事はなく、ただ少女の視線と意識は食卓に一心に注がれているようだった。

そうだよな、空腹なんだもんな、と意識を切り替える。

「言った通り、遠慮なんていらないよ。好きなものを好きなだけ食べるといい。気に入ったものがあって足りなかったら、また作るから任せて」

そう言いながら「はい」と、俺は箸《はし》にスプーンにフォークを渡す。

それを受け取った少女は、「いただきます」と呟き程度に吐くと、受け取った箸を器用に使って、料理に手を伸ばした。

ゆっくりと伸ばされる手に、なんともなしに緊張が走る。

そうして、最初に掴んだ唐揚げを、取り皿なんて経由せずに、直接口に運んだ――。

――緊張も束の間、直後には文字通り少女は表情をガラッと変えた。表情だけでなく、箸の手、咀嚼《そしゃく》の積極さ、眼の力に、顔色なんかまで変わっている気がした。

「～～～っ!!」

声にならない声を上げていたけど、それだけで美味しいという感情は満遍《まんべん》なく伝わってくる。

「口に合ったかな」

「はい!!　美味しいです!!」

それだけ言うと、一心不乱という言葉が適切と感じられるほどの勢いで、俺の作った料理を次々と堪能《たんのう》していった。堪能というよりは、制覇と言った方が近しい表現かもしれない。

しばらくして少女は箸を置いた。

三日分はあっただろう料理も、残り二割程度まで減っていて、それも満腹というよりは「私一人で食べ切るのは申し訳ないから残しておかないと」なんていう気遣いを感じられるほどの余裕が、少女にはまだあるように思えた。

その細い体のどこに入るのかとまじまじ見ていると、一息ついた少女がおもむろに頭を下げた。

「本当にありがとうございました。救われました。生まれてきてから食べたものの中で一番美味しかったです。こんなに食べてしまってごめんなさい」

きっと、食べながら思っていたのだろうことを、一息の間に言い切った。

「いいんだよ。俺一人じゃ食べきれない量だったし、むしろ助かった。美味しそうに食べてくれたのも嬉しかった。こちらこそありがとう」

お互いにそう言い終えると、改まって言葉を選ぶ。

「ええっと、嫌だったら言わなくてもいいんだけど、よければ聞かせてほしい」

「はい」

「まずは、なんて呼べばいいかな。俺の名前は……」

俺の名乗りを遮《さえぎ》った少女は、言葉を被《かぶ》せる。

「私のことは好きに呼んでください。君でも、お前でも、なんでも。私はお兄さんのことをお兄さんと呼ばせてもらいますから」

……つまりは、名乗る気もなく、名乗らせる気もない、ということなのだろうか。

少女の意図が読めないながらも、ひとまずは「じゃあ、とりあえずは君って呼ぶね」と言った。無理に名前を聞き出すのもどうかと思ったという気持ちもあったから。

「じゃあ続けて聞くけど、君はどうしてあんな場所で弱っていたんだ？」
一番に聞きたかったことは、結局はそれに尽きた。弱っている、という聞き方は、我ながら的確な表現に思えた。

「…………」

「何か言えない事情とかあるなら全然いいんだけど、一応聞いておこうかなと思って。場合によっては何か力になれるかもしれない」
「そうですね。どう思われるかわからないんですけど」
そんな重ための前置きを踏まえて言葉を続けた。

「死に別れたんです」

少女の口から出たそれは、空中を漂ってひと時の静寂を生む。それから、それ以上は何も言わずに、黙ってしまった。生まれた静寂は重たい沈黙となって横たわる。

死に別れ。誰と、という説明はなかった。

「そう、だったんだ……」

家族、友人、あるいは恋人。

さすがにそう言ったデリケートな部分に踏み入るのは憚《はばか》られた。

少女の言うそれが、人気のない路地で弱っていた理由になるかと問われると微妙なところではあったけど、居場所を失って途方に暮れてしまっていたのだろうと自分を納得させる。

重たい話題も空気も切り替えようと、違う言葉を探す。

「もう遅いし、家まで送るよ」

「…………」

「家に帰れない理由があるからあんな場所にいたのかもしれないけど、だからと言ってこのまま放浪しているのも良くない」

「……帰る場所なんてありませんから」

その言葉で、なんとなく少女の事情にあたりをつける。家庭環境か、それとも少女の言う死に別れが、家族に関係することだったのか。

「学校は、行っていないの?」

「はい。行けません」

そのくらい弱っているのかもしれない。僕としても、無理に学校に行く必要なんてないと思っている側の人間だから、そこをどうこう言うつもりはなかった。

「それなら、君はどうしたい？」

「…………」

「協力できることならするよ。実家がダメなら親戚の家まで届けてもいいし、ひとまず落ち着くまでホテルを借りたっていい」

お節介な自分の側面を感じつつ、でも関わった以上、そして知ってしまった以上、最後まで面倒をみようと思った。


「……じゃあ、お願いしてもいいですか」

「もちろん、なんでも言ってみて」

「お兄さんのお家に住まわせてください」

「そのくらいなんてことな……」

まさかの返答だった。初対面の、ただご飯をご馳走しただけの異性の家にいたい、だなんて返答は考えてすらなかった。

「それは…………」

「ダメ、ですか？」

弱った表情で見上げてくる少女に、俺もまた弱ってしまう。良いわけがなかった。俺だって大学生といっても成人した男だ。未成年の少女を単身一人でここに住まわせるなんてことは許されざることだ。

「それは、犯罪になってしまうと思うから……」

「大丈夫です。私を探す人なんていないし、私を見つけられる人なんていませんから」

そうであったとしても、だ。そんな単純な話では……。

「俺だって、男なんだから」

「わかってます。既に優しくて素敵な方だって思ってます」

「そうじゃなくて……」

「いいえ。そうなんです。わかってるから、もしものことがあっても、私は受け入れるし、そのくらい覚悟して言ってますから」

「――っ」

少女の言葉に絶句する。

つまりは、住まわせてもらえるなら、手を出されても構わないと、少女は自分でそう言ったんだ。

「そんな自分を安売りするみたいに――」

「してません。そんな経験もしたことありません」

経験がまったくない、だなんて尚更《なおさら》自分を大切にすべきだと思うだけど、少女は一切真面目な表情を崩さない。

「じゃあどうして……」

「何も返せないから」

「返せない、か」

「はい」

何も返せないから、差し出せるのは自分の身だけだと、そう言っていた。

顔の造形は整っているけど、どちらかというと無垢《むく》な印象を受ける子だから、軽い女という感じはしない。

ただ、自分の体さえ差し出せばいいと、自分のことも、俺のことも、安く見られているような気もして、憤りにも似た気持ちを抱く。

でもそんな俺の考えすら見透かしたように、少女は続けた。

「誰にでも頼むわけじゃありません。偶然声をかけてくれて良くしてくれたから、というのは大きいですけど、でもお兄さんだから頼んでいるんです。でなければそもそも空腹だからといってついていったりしません」

会ってから一番の真剣な表情を向けてそう訴えかけてくる少女に、結局は根負けしてしまった。

「はぁ、わかった。俺から声をかけたんだ。最後まで面倒見るよ」

そう言うと、空腹時に料理を前にした時と同じように、柔らかく微笑んだ。

その笑顔を見ているだけで、役得だとすら思えてしまった。

「ただし、行動は慎重に、だからね」

「とても慎重にします。大丈夫です」

「気持ちが落ち着くまでの滞在だからね」

「わかってます」

「あと、俺を安く見るなよ。男だけど、節操《せっそう》なしに未成年に手を出すなんて思われるのは癪《しゃく》だ」

「……はい。すみません」

こうして、思いもよらなかった女子高生との同居生活が始まることになるのだった。

「そう言えば、私もお兄さんに聞きたいことがありました」

「え、何?」

「どうして声をかけてくれたのかなって、どうしてこんなにもタイミングよく食材がたくさんあったのかなって」

それも、もっともな質問だった。

「声をかけた理由は、君が昔拾った捨て猫にそっくりだったから。だから、ほっておけなかった」

「私は捨て猫ですか」

猫ではないけど、比喩としてはほとんど正しいように思えるくらいの有様だった。口には出さないけど。

「食材を買い込んだ理由は……、これはちょっと恥ずかしいんだけど、失恋したからだよ。今日のために自分磨きも頑張って食事制限とかもしてたから、する理由がなくなって、もうやけ食いしてやろう！　と思ってね」

言ってて泣きそうになるくらい惨めだった。

そう、俺は今日、大学で同じ学部の異性とデートをした。少なくとも、二ヶ月も前から約束していたそれを、俺はデートだと認識して、色々と努力していた。

「けど、その人からしたらなんでもない約束らしくってさ。俺との約束なんて、興味本位。文字通りお遊びだったんだとさ」

悲痛な思いが、止めどなく口をついた。一度吐き出してしまうと、際限がないみたいに悲しさや寂しさ、悔しさから時には文句まで。

「どこがそんなに好きだったんですか？」

「どこなんだろう。でも、雰囲気とか、見た目や声も、全部しっくりくるし、なにより初対面で言われたことが印象的だったのが大きいかな」

「初対面、ですか。なんて言われたんです？」

聞かれるまま、少し記憶を懐かしみながら言う。

「はじめて同じ講義でさ、隣に座ってきたんだ。その時に、『君は何者になりたくてここにいるの？』なんて聞かれてさ。意味がわからなかったけど、記憶にはすごく残ったんだ」

俺のわけもわからない話を聞く少女は、少し驚いたような、それでいて的を得ていないような、驚きに困惑が混じったような顔をした。

「どうしてその言葉が印象に残ったんですか？」

「実は俺、君みたいな高校生だった頃、事故に遭って一部記憶を失くしてるんだ。

だから一年浪人して。大学入学から人生の再スタートっていう意気込みで入った先で出会った最初の人だったから、余計に印象に残ってたんだと思う」

それに、と、俺は言葉を続けた。

「その言われた言葉が、事故前の思い出せない部分の記憶に大きな影響があるって、直感でそう感じてしまったのも大きいかな」

少女は少し驚いたようにしていたが、すぐに取り繕って、軽い憐みの瞳を向けた。

俺を見て、話を聞いて、少女は「可哀想です」と、シンプルに返事した。事故に対してなのか、今日した失恋に対してなのか、言葉の意図は図りかねたけど。

その言葉を言われる人が、本当の意味で可哀想な人だと知っていた俺は、堪らなくなって、未成年の前では控えようと思っていた酒を煽った。

「じゃあ、私が協力します。住まわせてもらう代わりに、何か返せるものがほしいと思っていたので」

「でも、協力って何を」

「協力は協力です。色んな意味で、私がお兄さんの力になります」

対面した当初と比べると、口数も増えて血色も良くなった少女は、やけに自信ありげに俺にそう告げる。

「明日から、私に任せてください。今日までしてきたお兄さんの努力、無駄にはさせません」

こう元気になると案外強気で、話すのも好きな子なのかなと、ぼんやり考えていた。

少女の影響がその後の俺の人生に大きな影響を与えるなんてこと、この時は微《み》塵《じん》も思ってはいなかったけど。

話しているうちに疲れ切った体がアルコールに侵食されている感覚に溺れ始め、それに抗《あらが》うこともできないままソファにもたれてしまう。

瞼《まぶた》を閉じる間際、どうにか「ベッド使っていいからね」という言葉だけ朧《おぼろ》げに放つと、とうとう意識を手放した。

ハッと目を覚ました時には正午を過ぎていた。疲れと酒が相まって、泥のように眠っていたみたいだった。おかげで寝過ぎか、アルコールの余韻か、原因のわからない微かな頭痛が張り付いている。

「あっ、お目覚めですか！」

目元を擦りながら眠気まなこでぼんやりと視線を彷徨《さまよ》わせていると、そう言った制服姿の少女の姿が目に入った。

「ああ、おはよう」

「おはようございます。もう昼も過ぎてしまっていますけどね」

くすっと微笑む彼女の印象は、昨日よりもずっと自然に思えた。一晩過ごしてみて多少は慣れてきたのかもしれない。

「お腹減ってませんか？　それともお風呂に入られますか？」

「両方魅力的だな」

ずっと寝ていたせいで胃袋はスカスカだし、昨晩は少女に料理を振る舞って話をしているうちに眠ってしまったから風呂にも入れていない。

「じゃあ、お風呂入ってきてください。ご飯準備しておきますから」

どうやら風呂の湯は溜めておいてくれているらしく、ご飯も用意できる準備があるらしかった。思えば、食器などかなりの量広げたまま寝てしまったのに、食卓周りは整頓されている。そればかりか、部屋の隅々も心なしか綺麗になっているように感じられた。

「洗い物や掃除してくれたの……？」

「勝手にすみません。私の数少ないできることなので、少しでも役に立てたらな、と……。もちろん勝手にやられるのが嫌ならやめます」

「すごく助かるよ。ありがとう」

一人暮らしを始めてからは、自分のことをしてもらえる環境とは離れていたから、純粋に助かるし嬉しかった。

そうして、サッと風呂に入り汚れを落とす。不思議な関係、不思議な時間に想いを馳せながら、「まあ、いっか」と気楽に構えることにした。

風呂から上がると、制服姿でキッチンに立つ少女の姿が目に入った。肩口に切り揃えられた髪は、こうして清潔な状態で見てみるととても綺麗に揃えられている。

そういえば、着ている制服も、昨日の汚れていた状態を忘れてしまうほど綺麗になっている。

少女の用意してくれた味噌汁と、昨日の残りが食卓に並び、寝起きから少し豪華なご飯だった。味噌汁がアルコール明けの体によく効く。

「ご飯用意してくれてありがとう。味噌汁も、味付け完璧だ」

俺の言葉を聞いてくすぐったそうに微笑む少女。

そんな食事へのありがたみを料理と共に噛み締めつつ、少女へ問いかけた。

「そういえば、制服……？」

「あ……、洗濯もしてしまいました」

「それは全然いいんだけど」

「あの、えっと、お借りした洋服も洗って返したかったですし、制服も、下着も変えがなかったので……」

「ああ。そっか……」

なんだか気まずかった。俺としては、家なのにどうして制服なのか、と尋ねたかっただけだったのだが。


「そうじゃなくて、洗濯は好きにしてもらっていいんだけど、家にいるんだし制服は動きづらいんじゃないかなって」

「慣れてるので大丈夫ですよ？」

「それに、家からあまり出ないにしても、制服姿で、こんな一人暮らしの多いアパートに出入りしてたら怪しく思われるかもしれない」

制服姿だと、女子高生なんだと意識もしてしまうし。と脳内で付け加えた。

「なるほど。そこまで考えられてませんでした。すみません」

「うん、だから、今日は洋服を買いに行こうと思う」

そうして、ようやく俺の目的の話に入る、と思ったところで少女は「あ、それならちょうどいいです」と、一枚の紙を掲げてきた。

「私も、今日からお兄さんとやりたいこと、行きたいところがあるんです」

言葉と共に目に入った髪には、いくつかの目的が箇条書きされていた。それはほとんどが美容関連のもので、さすがは女の子だなと思うと同時に、少女の容姿を少なからず良いと思う感覚にひとつ納得がいく。

「美容関連か、昨日の様子を見るからに随分行けてなかったんだろうし、そのくらい全然構わないよ。綺麗でいるに越したことはないだろう」

そう言うと、「違います」なんて返事があった。

「これは、私じゃなくてお兄さんが行く場所です」

「え？　いや、俺はそんなの……」

「ダメです。私の返せるものは、このくらいしかありません。お兄さんは好きな方のために努力したと言っていたので、もっと正しい努力の仕方を、女子目線で言えたらなと思ったんです」

それから「図々しいこと言って申し訳ありません」と付け加える。

なるほど、と思う。昨日の話でもそうだったけど、返せるもの、か。こうして寝ているうちにしてくれた家事だけで願ったり叶ったりだったのだけど。どうやら少女からしたらそれは当然のことみたいだ。

「でも、もう振られた身だし、相手にすらされてなかったんだ」

「いいえ。最終目標は見返すことです。私が精一杯プロデュースしますから！」

「そうは言っても……」

「お兄さん、もっともっと素敵になれると思うんです。どうかいい機会だと思って、お願いします」

思いの外主張が強い子だなと思った。

まあそれだけ言わせてしまったら、断るわけにはいかない。それに、少女の言う正しい努力というのも、気になりはしたのもあった。

「そうだな、たしかに体型周りに気を遣い過ぎて、髪とか服とかはちょっと後回しにしていた感はあるし。お願いしようかな」

そう言うと、少女は出会ってから一番の笑顔を向けてくれた。その表情を見れただけで、その案に乗った甲斐《かい》があったなと、俺も満足して笑みを返した。

それから俺は軽装、少女は制服姿で家を出る。一応、二人の間では、仲良しな兄妹が一緒に買い物に行くという体にして。

ちなみに、少女のやるべきことリストには、丁寧にこう書かれていた。

・美容室（カット、カラー、トリートメント、ヘアセットの勉強）
・眉毛サロン（自己処理や美容室で済ませるのではなく、専門店に行くことが大事）
・洋服一式（下手な柄物や原色を使ったカラフルなものではなく、シンプルに）
・メイク用品（特にお肌を綺麗に見せるためのセット。洗顔関連も）

まずはショッピングモールに来て、衣服を見ることにした。

ちゃんとした洋服に、初めてのおしゃれな美容室、存在も知らなかった眉毛専門店に、男性も最近は主流らしいメイク用品。全部と考えると結構な値段がしたけれど、でも、好きな人ができて以来、もしも上手くいった時のために、と考えてしてきた悲しい貯金があったから、そのくらいなんともなかった。

「これがいいです」

来店して、ものの数分で俺の服をあつらえてくれた少女は、その後も次々と「こういうのもいいなぁ」と、俺のために悩んでくれた。

ただ最初の服がしっくりきすぎたようで、それに決まった。グレーのカジュアルなセットアップだった。ついでに黒の革靴なんかと買ったりして。

ちょっといい男になった気分だ。

「帰ったら着てみるよ」

髪とか色々終えた後に、変化を見たいと楽しそうに言っていた少女に、そう返事する。


「はいっ。楽しみにしてます」

「じゃあこれ、君も一式揃えておいで」

そう言って一万円を渡す。これだけ俺のことを思ってしてくれているのだ。一万くらい安いものだと思う。

「いや、こんなに、申し訳ないです……」

「俺はこれから予約した美容室とサロンがあるから暇だと思う。その間洋服でも見ておいでよ。余ったらお小遣いとして好きに使っていいから」

「あ、いや、えっと」

「いいんだって。さっき飲んだ味噌汁があまりに美味しかったから、その気持ちも込めて、ね？」

「……はい、ありがとうございます」

心底申し訳なさそうにそれを受け取ると、ギュッと大事そうに持ち直す。それだけで、この子は根からいい子なのだろうなと思った。

そう思うと同時に、俺みたいな知らない人の家に滞在しなければならない現実になっていることが、酷く痛ましいことのように思えた。

こういった時間が、少しでも少女の安らぎになればいいな、と。

「わぁお」

人は心から驚くと、外国っぽい驚きのリアクションを取ってしまうらしい。

整えるとはこのことか、と納得してしまうほど眉毛を綺麗にしてもらった後、少女から教え込まれた美容室でのオーダーを一語一句違えずに言うと、その二時間後には、自分でも見違えたと思うほど如実な変化のあった俺が、鏡の前にいた。

「すごすぎる……」

ほんと、サロンやらおしゃれな美容室やら、すごすぎる。

俺の本気かつ純粋な感嘆の声を聞いた担当の美容師は、何やらニマニマとほくそ笑んでいたみたいだったが、それが素直な反応なのだから仕方ない。

「そりゃあ、髪を切るっていうのが仕事になるわけだ」

よくわからないことを言いつつ、髪型のセットの指導までしてもらうと「この後、何かご予定が?」なんて質問があったので、「このお店を教えてくれた子との待ち合わせがあるんです」と答えた。

また着替える場所も貸してくれて、全身丸々、購入したばかりのものに身を包む。

もう、鏡の前には別人が映っているようだった。

「見違えましたね」

「自分でも驚いてます」

「彼女さん、いい目をお持ちですね。こうなることを見越してなのかな……」

「彼女じゃないですけどね」


変な独り言を始めた美容師に苦笑しつつも、二人してその出来栄えに満足した。

きっとこれなら少女も、勧めた甲斐があったと言ってくれるんじゃないだろうか。

そう思うと待ち合わせ場所に向かう足だって早くもなる。スマホを持っていないらしい少女と、事前に決めていた待ち合わせ場所へと俺は足早に向かった。

待ち合わせの場所には、すでに少女の姿があった。俯いて待つ姿は、小柄な少女が余計に小さく見える。

「やあ、買い物はー」

少女の前まで行き声をかけるも、その手元には買い物をした形跡がまったくと言っていいほどに何もない。俺が渡したお金をぎゅっと握りしめてるだけで、心なしか少し気落ちしているようにも見えた。

ゆっくりと僕の方に目を向ける。一瞬怯えたような、困ったような表情を浮かべたかと思うと、次には視線を俺の全身を眺めるように上下に動かすと、最後には驚きの表情を貼り付けた。


「ええっ!?　お兄さんですか!?」

そうもいい反応をしてくれると鼻が高くなるものだ。ふふんと天狗になりながら「そうだよ、お兄さんだよ」と返事した。

「見違えましたね」

「俺もそう思う」

さっきもしたようなやり取りを少女ともすると、彼女は満足気に笑った。

「これでほとんど目標達成ですね！　こんなにあっという間に変わるとは思っていませんでしたけど、でもやっぱり、お兄さん素材はいいんだから、やることやれば良くなりますね」


自分が変われた実感があることも嬉しいし、その変化を楽しいと思ったけど、何より少女が嬉しそうに笑ってくれることに満足感を覚えた。

「それで、君は買い物できなかった？」

「あー、はい。私一人ではできませんでした」

少女は何かを誤魔化すように、少し居心地が悪そうにそう言う。

「お兄さんからシャツとか借りればいいかなぁ、なんて思って」

ひと回りは背の低い女子が、自分の服を少しゆったりと着るというシチュエーションには、男のロマンが詰まっているとは思うけど、でもきっと少女は、気を遣われたくなくてそう言っているんだと思う。俺も事故の後によく感じていたことだけど、必要以上に人に気を遣われるのって疲れるし、自分が普通じゃないみたいで嫌になるんだ。

少女は〝死に別れた〟と言っていて、きっとその傷はまだ癒えていないのだろうけど、それでも気を遣われすぎるのは嫌なんだろう。

「そっか、ならすごく待たせてしまったね。今からでも買いに行こう！」

努めて明るくいようと思った。縮こまって寂しそうに俯く少女の姿は見たくない。

気を遣いたくはないけど、純粋に俺が、少女が年齢相応の服装をしているのを見たいのもあったから、結局誘った。

「でも……」

「いいんだよ。遠慮なんていらないし、俺がいるから買い物も大丈夫」

諭すように言って、結局二人で予算よりも多く買い物をした。

少女こそ素材が良いから、どんな服を着せても似合いそうだと思ったから、俺が一番着て欲しいと思う服を買ってプレゼントする。その服を姿見で合わせてみると、息を呑むくらい可愛く見えたから。一瞬見惚れてしまって、同時にこの感覚を懐かしく思う。俺の忘れている記憶の一部に触れた気がした。

「洋服、ありがとうございました。すごく可愛くて、なんだか久々にこういうのに触れた気がします」

未だに少し遠慮がちな様子は抜けないけど、それでも嬉しそうにくしゃっと微笑む。

「ならよかったよ。俺もそれが一番似合うと思ったから」

「じゃあ次はお化粧品ですね」

洋服の勢いで、欲しいメイク用品も買いに行けそうだと思っていた矢先。

……なぜか俺に説明しながらメイク用品をカゴに入れていっていた。まさかの自分ではなく俺用の用品だったらしい。そして、帰宅後に「元が汚いなんてことはないんですけど、やっぱりやると変わるものですから」なんて言って、少女は俺にメイクを施してくれた。

コンシーラーやファンデーションで肌のトーンを上げながらも赤みなどを消して色味を均一にしてくれた。また、顔の凹凸をはっきりしせる為にシャドウを入れたり、目元を少しはっきりさせたり、唇の発色を良くする為のリップなんかもして。

そうしてようやく少女は大きく頷いて合格を出してくれた。

「お兄さん、めっちゃかっこいいです」

鏡に映る自分が、自分なのに自分じゃないみたいな、不思議な気分になった。

自分磨きに重きを置いた世界線の自分はこうなっていたのかな、なんて思ったりもした。

「今、お兄さんはその世界線になったんですから」

だから、この状態で大学に行ってみてください。と少女は言った。

「お兄さんの気持ちを蔑《ないがし》ろにした女に、このお兄さんを見せつけてやるんですから」

何やら闘志を燃やしながら、俺が好きだった例の子にひと泡吹かせてやろうと画策しているらしい。

少女が俺に変化を促した目的とは、つまりそれだった。

どうやら、俺はすでに失恋した相手にリベンジマッチする前提で話は進んでいたらしかった。

「大学が楽しみですね」

悪い笑みを浮かべる少女は、楽しそうにそう言っていた。


失恋をしたその身のまま少女と出会い、その後全休の日を含めて四日間の休みを経て、通学するのはものすごく久々に感じられた。

——私は行きませんけど、気にはなるので電話繋げててください。

そんな少女のわがままを聞くためにずっとスマホは通話中で、家の電話もフル稼働な平日だった。一人暮らしの家に据え置きの電話なんていらないとずっと思っていたけど、今回ばかりは有効活用できそうだった。

『お兄さん、あの女はいないんですか』

「多分いると思うけど、全部の講義が被ってるわけではないから見かけない時もあるし、何より僕は先日一緒に出かけた上に失恋してるから、お互い近づきづらいし、気まずいんじゃないかな」

だから、いたとしても接触は早々ないと思う。そう続けると、少女は「つまんないのー」なんて言いながらも、イメチェンした俺を例の子に見せることはまったく諦めてないらしい。

そうして、その日から、失恋した相手に接触を試みる時期が始まった。

例の子とは、度々講義が同じになった。今まではすれ違うと挨拶くらいはするような、近からず遠からずな距離感だったのだけど、今ではすれ違うことすら意識的に避けているような気がした。多分俺も向こうも。

ただ、なんとなく、もしかしたら自意識過剰かもしれないけど、例の子からの視線をよく感じた。それを確かめるように視線を感じた時にその方向に振り返ると、必ずと言っていいほど一瞬目が合うのだ。

「それは、もうお兄さんのこと、めちゃくちゃ意識してるじゃないですか」
「そうなのかなぁ」
「間違いありませんね。え、なんかすごい変わった、かっこよくなった、って思ってついつい目で追ってしまっているに違いありません」

帰宅して、作戦会議なんて仰々しいことを言い出した少女は、結局そんな話をした。

「まあでも、周囲の反応が明らかに変わってるなぁ、とは感じたよ。友達にも結構突っ込まれたし」

「お兄さん、友達いたんですね」

「俺をなんだと思ってる。友達くらいいるさ」

「ふふっ、すみません」

上機嫌な少女だった。

「こうして周りの反応からも、お兄さんの変化は事実として認識されることがわかったわけですし、そろそろ始めてもいいかもですね」

「何を始めるって言うのさ」

良からぬ勘を感じつつ聞いてみると。

「リベンジに決まってるじゃないですか」

「決まってるんだな」

「はいっ」

さらにいい笑顔でそう返事した。

「具体的には、またデートに誘いましょ」

「気が重いなぁ……」

「そんなこと言ってないで、ずっと憧れていた人なのでしょう？」

「まあそうなんだけど……、なんか引っかかるんだよな」

「と、言いますと」

「彼女のどこにそんな憧れ、惹かれていたんだろうって、そう思ってしまう。今でも素敵な人だとは思うけど、冷静になってみるとそう感じてしまったんだ」

もしくは、報われるかもわからない憧れを追っているより、今目の前にいる相手の笑顔を見るために動いた方が満たされると思っているのかもしれない。

「まあいいです。とりあえず接触を図りましょう。直接声かけるのが一番反応もわかりやすくていいんですけど、きっとまだハードルが高いと思うので、例えばスマホで連絡を取るとか、そういうのはできないんですか？」

「ああ、スマホね」

乗り気はしなかったけど、一度諦めたことだしなと思いながらメッセージを送ろうとすると。

「あれ？」

「どうされました？」

「それがさ……」

俺が例の子に送るメッセージを考えていたタイミングで、逆に例の子からメッセージが来ていた。そのせいで即座に既読がつく。思考の猶予は与えてくれないみたいだ。

ええっと、内容は、と。


『話したいことがあるの。明日の講義を終えた後、少し時間もらってもいい？』


「もう勝ち確じゃないですか」

俺のスマホを覗いてきていた少女は、間髪入れずにそう言った。

「勝ち確なのかなぁ……」

例の子からのメッセージの意図が何もわからなくて、少し狼狽《うろた》えながらも「大丈夫だよ」と返した。

「明日頑張ってくださいね」

お手本のようなニヤニヤ顔の少女はそう言うと、明日の俺の服装や髪型などを考え始めていた。

すべての講義を終えると、少し待ってから指定された場所へと向かう。

「今から指定された場所に向かう」

側から見たら独り言を呟いているように見えるかもしれないけど、実際にはポケットに忍ばせたスマホ、通話中になっている電話越しの少女に向けての言葉だ。

『ラジャー。ご武運を』

受話器越しに敬礼のポーズを決める少女が目に浮かぶ。

俺はどこかの戦場に赴《おもむ》くのかと突っ込みたくもなるけど、でも失恋した相手からの呼び出し場所というのは、俺にとってはどこよりも戦場なのかもしれなかった。

指定の場所は図書館だった。一般の人でも誰でも大歓迎の大きな大学の図書館ではなく、大学の在籍生や関係者しか入館の許されない小規模な図書館なので、人気は少ない。特に、今回呼び出された、本館と隣接している別館、その最上階の五階は、もはや人が出入りする日の方が珍しいくらいだろう。しかも、講義終了後に少し時間をあけたのだ。

つまりは、二人で話をしたいか、俺を何かの目論見《もくろみ》で嵌《は》めようとしているのか、そのどちらかだと思う。

『変な警戒しなくていいんです。きっと大丈夫ですから』

少女には俺の意識が伝わってしまったのか、図書館に足を踏み入れたタイミングでそう声をかけられた。

「ああ、そうだね」

妙な緊張感を持ちながら、別館の小さなエレベーターに乗って五階へ。

そこには既に例の子が本棚に目をやりながら待っていた。胸元にまで伸びたウェーブのかかった髪に、腰回りにきゅっと結ぶベルトで体のラインが見える服装、そう言った容姿が大人の女性としての始まりを予感させて、その妙な艶《なまめ》かしさが俺の意識を奪おうとしてくる。

エレベーターの扉が開いたこと、そこから俺が出てきたことを横目で確認した彼女は、第一声に「来てくれてありがとう」とだけ言った。特に何か罠があるだとか、失恋した俺を笑いものにするために待機しているギャラリーなんて輩も見当たらない。純粋に俺に話があるのは本当みたいだ。

「こんなところに呼び出してどうしたの？」

電話越しの少女にも聞こえるように、図書館の中にしては少し大きめな声量で発声する。

「先週は色々とありがとう。今日はその先日会った時のことで話があるの」

ドキッと心臓が鳴る。さすがに本人からその話を振り返されるのは堪えるものがあった。

「あの時、貴方は私に好きだと、付き合ってほしいと言ってくれたね。でもそんな真摯な言葉に対して、私はだんまりで、何も返事できなかった」

そう。返事がなかった。ただ、どういう人か知りたくて、本音を言うと興味本位で誘いに乗ったと言っていた。だから、俺の思いはまだ遠く届かないものだと悟ったんだ。


「私……」

「いや、いいんだ。俺が軽率だった」

何を言われるにしても怖くなって、彼女の言葉を遮ってしまう。その上、逃げ以外の何者でもない言葉を続けた。

「お互いのこと、よくわかってないし、よければまずは友達として仲良くできたら嬉しい、です……」

きっと彼女が言うべきだろうセリフを俺が奪い去るように言った。

「……気遣ってくれてありがとう。そうだね、まずはお友達から、仲良くできたら嬉しいな」

そう言う彼女の表情には、陰がさしたように見えた。言いたいことがあったのに、それをどうにも消化しきれていない、というように。

「じゃあ、俺はこれで失礼するね。話を聞いてくれてありがとう」

「あ……」

半ば一方的にその場から去る。気まずかったのもあるし、彼女の言葉が怖かったのもある。意気地のない俺に少女は呆れているのだろうと、帰宅後の説教まで想像した。そりゃあ、ここまで身なりを整える指導をしてくれて、例の子と対面する機会を得たんだ、俺の不甲斐なさに怒っていたって仕方がない。

そう思って、図書館から出ると恐る恐る忍ばせていた電話に声をかけた。

「終わったよ。聞いていたならわかると思うけど、ごめん。リベンジだなんてできなかった」

懺悔の言葉を添えつつ、少女の様子を伺うように言葉を選んだ、のだけど。

「あれ?」

俺の言葉に対する返答はなかった。通話自体は切られてないことを見るに、タイミング悪くお手洗いに行っているのかもと思ったけど、どれだけ待っても少女の鈴を転がしたような声が一切聞こえてくることはなかった。

嫌な予感がして、急いで帰路に着く。

でも、嫌な予感ほど当たるもので、帰宅しても少女の姿は見当たらなかった。見当たらないどころか、少女がいた痕跡すらない。毎日掃除をしてくれる子だから綺麗に片付いているのかとも思ったけど、それでも多少生活感のような少女の存在感があったのに。

ただ、ひとつ。

家の備え付けの電話の受話器だけが、取られた後に元に戻されることなく宙にぶら下がっていた。まるで、その場で通話していた人が、突如として姿を消してしまったかのように。

日常から少女が消えた。

その反面、大学では例の子が話しかけてくれることが増えて、同じ講義では隣の席で座ることもあったりと、以前より距離が縮まったようにも思える。

「最近ちょっと元気ない……？」

「いや、そんなことないよ」

少女が唐突にいなくなってから二週間が経とうとしていた。

「表情が晴れないな〜、と思って」

少女がいなくなって、食生活が少し乱れた。部屋は大して散らかってはいなかったけど、それは家にいる時間が極端に減ったからだった。
端的に言って、俺は少女がいなくなったことを酷く寂しいと感じている。その喪失感を強く感じる家には極力いたくないと思っていた。

「自分が思っていたよりも、失くした後にそれが大事だったんだなって思うこと、あるじゃん？　今はそういう気分なんだ」
「わからなくもないけど、そうなんだね」

優しい声音が聞こえる。意味はわからないだろうけど、説明するわけにもいかない。拾った女子高生が、唐突にいなくなってしまって、それが思いの外ショックだなんて言えたものではない。

それから、三日が経った。

「あれ……？」

そう呟くことが増えた。

少女がいなくなって、ものすごい喪失感中にいたはずなのに、気づけば少女のことを意識の外に追いやっていることがあった。

部屋でひとり寂しさに震えていると思えば、次には思考を上手に切り替えたようにに平気になっている自分がいた。

きっと、大切だと思っていた存在が突然、なんの前触れもなくいなくなってしまったことに対するショックを、心が緩和するための働きなんだと考えた。

「だとしても、あの子のことを平気だなんて思ってしまうのも、すごく寂しいし、嫌だな……」

少女の存在に対する認識が、次第に希薄になっていった。

更に、五日が経った。

生活の異変を、奇妙な形で感じた。

部屋が片付いていること。

身なりが整っていること。

体調がすこぶる良いこと。

つまり、生活の水準が以前よりも劇的に改善されているのが、自分の生活の中での異変として認識された。


「ここ一か月くらいかな。私と出かけたあの日の後あたりから、とも言えるかも」

「なんのこと?」

「君が変わったタイミングだよ。随分変わっちゃったね」

感慨深そうに頷く彼女を見ながら、自分でもその変化の異常さに驚いていた。

「前の垢抜けてない感じも可愛くて素敵だったけど、今の君なら私じゃなくとも相手が見つかりそうって思うもの」

「…………」

そう評価されるくらい、俺に対する周りからの評価は変わっていた。たまに異性から連絡先を聞かれることもあったくらいだ。さすがにそこまで反応が変わっていれば、自分の変化の度合いにも気がつく。

「最初はね、私へ告白してくれて、でも私がちゃんとした返事をしなかったから、それが理由で振り向かせようと、イメチェンしたり、努力したりしてくれたのかなぁって思ってたの」

でも、と続ける。

「それは私の自意識過剰で、きっと違ったんだよね」

「……どうしてそう思うの?」

「だって、君、私のこと見てないもの。好きだとか言っておきながら、その後から、君は私よりも違うところに意識が行ってる」

その、図星の言葉に少したじろいだ。

俺自身も、そう思っていながら、理由を掴みきれていなかったから。なにか大事なことがあって、憧れの人を追っている場合じゃなくなったという、ぼんやりとした感覚はあるのだけど、それの正体が脳内で霞《かす》んでいて掴めない。

彼女に振り向いてもらうためにしたんじゃないなら、どういう理由で自分磨きに踏み出したんだろう。元々、大した美意識も持ち合わせていなかった俺が、ここまで異性からの評判が良くなる自分に、どうしてなれたんだろう。

そう思案していると、隣に座っている元憧れの人が、ニヤリと確信に迫る言葉を放った。その表情も相まって、途端に脳内の霞が晴れていくようだった。

「他に、好きな人でもできた？」

他に好きな人、そう聞いて思い浮かんだのは、名前も知らない華奢な女の子の姿だった。

あまり社会に適応できてなさそうなくせに、妙に家庭的で、俺のことをお兄さんと呼ぶ、そんな少女の姿。

思い出して、ハッとする。

どうして忘れていたのだろう。

不思議な出会い方をして、お節介やら、庇護欲やら、そういうので最初面倒を見ようと思って接していたのに、気づけば俺の側が世話になってしまっていた。

そんな毎日を、その日々の中心にいた少女の存在を、どうして忘れてしまえたのだろう。

「乗り換えが早いのは微妙な気分だし、感心しないなぁ」

「あの子は、そんなんじゃ……」

思い出して、反射的にそんな返答をすると「やっぱり思い当たる子がいるんだなー！」なんて彼女は冗談ぽく怒ってみせた。

「大切な対象って、なくなってはじめてその大きさに気づくんだなって。それだけだよ」

「前も言ってたやつだ」

そう。なくなってはじめて気づく。

記憶から、意識からなくなって、その重大さにようやく気づいた。もう忘れないように、と。

その夜、忘れないように、少女がいたのだという痕跡を、部屋の至る所につけた。そうして眠ると、忘れかけていた意識が、その痕跡を見て存在を認識した。

眠ると忘れてしまうのだと気づいた俺は、もうそれから、できうる限り睡眠という行為から離れた。

カフェインを多量摂取し、家ではゲームなんかで徹夜して、講義中には例の子に眠そうだったら起こしてくれと声をかけて。

「ちょっとちょっと君。起こしてって、そりゃ講義中だし起こすけど、今日はもう帰って寝た方がいいんじゃないかなぁ」

「寝ちゃ、だめなんだ……」

「メイクを失敗したように見えるくらい、はっきりとクマができてる上に、表情もボーッとしてて、目も半開き。そんな人に対して講義には出なきゃいけない、だなんて誰も言わないと思うけどな」

「でも、だめなんだ……」

そうして大学も乗り切って。揺らされる電車でも唇を噛みながらグッと堪えた。

家では立って座ってを繰り返しながらゲームに興じる。でもやっぱり飽きてしまうもので。意識せずとも披露した体は横になることを求めて勝手に動いてしまう。

だめだ、だめだ、そう意識は訴えかけるも、体は言うことを聞かない。時間にして八十時間以上、意識を覚醒したままにしているのだから、そういった体からの危険信号が出ても、なにも不思議ではなかった。

いつの間にかソファに横になっていた。

すると、なにやら心地の良い感覚が体を包む。

半分意識がないような、夢うつつの状態だったから、すべてが幻だなんて可能性もあるけど、頭部に、撫でられるような感覚があった。

優しく、それでいてしっかりと温かみを感じる手つき。

その、あまりの心地よさに、体はなす術なく意識を手放そうとする。その意識は掴んでいなきゃだめだと踠こうとする抵抗なんて無意味だった。

重たい瞼がゆっくりと閉じられる。

その直前。

「おやすみなさい」

と。

「私のために頑張ってくれてありがとう」

と。

そんな声がどこからか聞こえた気がした。


朝目が覚めると、なんとなく手作りの朝食を期待しながら体を起こす自分がいた。実家を出て時間は経っているし、朝食を作って俺の起床を待ってくれるような素敵な恋人なんてできた覚えもない。なのに。

「なんか、めちゃくちゃ寂しく感じるんだよな……」

部屋にひとり。ひとり暮らしなのだから当然ではあるのだけど、そのひとりという事実を意識すると、ものすごく寂しく感じた。

その日から、目を覚ますとなぜか泣いていることがあった。

目尻の赤くなった俺に例の子が「泣いたの？」なんて指摘してきたから、なぜか起きると涙を流していることがあるという話をすると、酷く心配そうな瞳を向けてきた。

俺に何があったとかではない。

そんな悲しい出来事があった覚えなんてない。

なのに、無性に寂しくて、きっとそれが催眠という無防備な自分の中にも渦巻いているから、抑制できずに涙しているんだと思う。

じゃあ、俺は一体なににそんなにも寂しくなっているというのだろう。

ある日、もはやそれが違和感でもなんでもなくなっていた時、なんとなくひとつ頭の片隅に引っかかった。

「これ、どうして買ったんだろ」

例の子に、映画に行きたいからついてきてと誘われたから、外出の準備をしている時だった。

一応異性と外出するのだから、彼女に恥をかかせないためにも、所持している衣服の中で一番まともそうなものを引っ張り出してきて着用してみた、のだけど……。

それはグレーのセットアップだった。こんなにも上等な服を、俺の一存で買った記憶がなかった。なんなら実際買うこともないばかりか、こんな服が置かれているような洋服屋にそもそも行かないだろうと思った。

でも、この服を着ていると気分がよかった。


——似合ってるよ。

——見違えたね。

そんな声をかけられたような気がして。

——お兄さんかっこいい！


「…………っ!?」


脳裏に抜けていったイメージが、胸の奥、または記憶の奥が、とてつもなく苦しく締め付けられた。いつも襲いかかってくる寂しさが実体を持って俺の心臓を鷲掴みにしてきているような、そんな苦しさだ。

それでも、思考を止めてはいけないと思った。

お兄さんと、そう俺に呼びかける子が、確かに存在したはずだ。

この服を似合うから買おうと提案してくれた。

それだけじゃない。

髪を、眉を、メイクを、こうしたらもっとかっこよくなれると教えてくれて、今の俺を作ってくれた。

掃除や料理などの家事全般をこなして、俺の生活レベルをあげてくれた。

逆に、俺の作る料理を美味しい美味しいと、たくさん食べてくれた。

捨て猫みたいに汚れて、縮こまっていた、そんな危うい部分もあった。


「どうして、忘れていたんだ……」

生活の中に、わかりやすく彼女の痕跡は残されていたのに。物的な痕跡はなくとも、俺の変化という、自分自身が一番自覚しているはずのところに、彼女の、少女の意思はずっと残っていたじゃないか。

『ごめん、急用ができた。映画はひとりで観てきて』

急いで今日約束していた例の子に、そうメッセージを送った。ドタキャンで申し訳ないけど、今の俺にじっとしているなんて選択肢はなかった。

少女が繕ってくれたものたちで全身を着飾って、俺は家を飛び出した。

当てなんてなかったけど、ただひたすらに、足を止めないように。

「今、会いに行くから……っ！」


当てもなく走り回った。

一緒に足を運んだ場所なんて数少なくて、服を買いに行ったショッピングモール、近所のコンビニや公園、もはや一緒に行ったことのない場所にまで足を伸ばして探した。

それでも、見つからず。

「やっと思い出したのに……」

悔しさを噛み締めながら、けれど夜の帳が下りて暗さから周囲が見えづらくなったことを受けて出直そうと、一旦は家に帰ってきた時のことだった。


俺の家の前に、誰かがしゃがんでいた。

「あ――っ」

その反応をしたのはどちらだったろう。

「お兄さん、お久しぶり、です……」

そこには、ようやく思い出せて、いくら探し回っても見つからなかった少女がいた。


とりあえず部屋にあげた。

けれど、そこに会話はなく、それだけで以前とは違う何かがあるのだということくらいは察せられた。

「どこ、行ってたの？」

「……そうですね、遠くに行ってました」

曖昧な答え。

ほとんどお金も持っていない高校生の身で、単身遠くに行くなんてこと、現実的じゃないことくらいわかる。

それなのに、少女は遠くだと、そう言った。

「じゃあ、さ」

少し言いづらいことだけど、聞く必要があると思った。

「どうして、俺は今日の今日まで君のことを忘れてしまっていたの？」

それはね、と、いくらかの溜《た》めを作ってから、ゆっくりと言った。

「私は、本来覚えていてはいけない存在だからです。覚えていてはいけないというか、関わってはいけない存在って言った方がいいかも」

「それってどういう……」

「私は、本当はここにいちゃいけない存在だから」

いちゃいけない、そう言い切る彼女は、一息吐いてからその理由は話し始めた。

「お兄さんが失恋したって、すごく落ち込んでた姿を見てしまって、だからほってておけなくなっちゃって」

「…………」

「最初は慰めたらすぐにいなくなろうとしたんです。でも、あまりにお兄さんの隣の居心地がいいから……」

どこか苦しそうにそう話す少女だったけど、その口を止めることはなかった。

「お兄さんを、さらに素敵な人にして、自信も持てるようになって、周りからの評判も良くなって、そうやってお兄さんを見てくれる人が増えたら、もう大丈夫と思ったんです。そこまですれば、お兄さんはもう平気だって……」

でも、と。

「それじゃだめだった。私が、お兄さんに忘れられたままなのが、嫌だって思ってしまったから」

「遅くなったけど、俺はちゃんと思い出したよ……？」

「いいえ、違うんです。今じゃなくて、もっと前のことを思い出してほしいんです。それを思い出してほしくて、きっと私は今お兄さんの目の前にいるんです」

何を言っているのだろうと、純粋な疑問が湧いた。だけど、次の少女の一言で、俺の意識は一変する。

「……高校生の時、交通事故に遭いました」

「…………」

「かなり話題にもなった事故でした。飲酒運転のトラックが、暴走したみたいにガードレールなどを破壊しながら走行している現場。そこに居合わせたのは、二人の高校生でした」

俺も、いいや、俺が誰よりも、その事故を知っている。

「暴走したトラックに呑み込まれるみたいに、撥ね飛ばされた二人は、即座に病院に運ばれました」

それも、知っている。でも、その頃の記憶はかなり曖昧で、その記憶にアクセスしようとすると、いつも頭痛に見舞われた。

「二人とも危うい状態だった。結果からして、片方は打撲や骨折、そして衝撃による記憶障害」

それは、事故に遭った俺の受けた症状と一致した。

「そして、もう片方は……」

意図的な間を少女が空けることで、気づいた時には次の言葉に意識がいった。

「死亡が確認された、らしいです」

少女は、話し切ったという意味か、大きく息を吐き出した。

それを聞いた俺はというと。

「ああ、そうだ、事故に遭った。事故に遭ったけど、それは俺ひとりじゃなかった……」

ずっとモヤモヤしていて、頭の中にあった空白の部分が、少女の話で埋まっていくようだった。

「俺は誰かと歩いていて、突っ込んでくるトラックを認識した時には、その人が盾になるみたいに庇《かば》ってくれて……だから、俺は生きて……」

言いながら泣いていた。勝手に溢れる涙は止まらなくて、意味もわからず泣いた。

「ああ……、そうか……」

「思い出して、もらえたかな」

当時の、事故の記憶。そして、その事故が起こる前の、俺の中で抜けていた一年間の記憶。

事故のショックで前後の記憶が抜けているのだと医者は言っていたけど、抜けている記憶にも、理由はあったんだ。

「ああ、思い出した」

少女は、出会いたての日に、自分は〝死に別れ〟したのだと言った。

俺はてっきり家族や友人、または恋人が亡くなったことを言っているのかと思ったけど、そうじゃなかったんだ。

「私は、貴方に忘れられたことを受け入れられなくて、それで今も成仏できていない幽霊です」

当時一個年下で、俺の恋人でもあった女の子。それが、少女だった。

「死んでいるからなのか、私自身は変われないから、お兄さんとは少し歳が離れてしまってますけど、私のこと、思い出してくれましたか……？」

「ああ」

忘れちゃいけない記憶だった。

君と出会ってから、死に別れるまでの一年間の記憶をすべて忘れてしまっていたなんて。

俺は、事故のショックでその前後の記憶を無くしてしまったんじゃなくて。

大好きだった恋人の死を受け入れられなくて、心を保つために自ら記憶を投げ捨てる選択をしたのだと、ようやく思い出した。

「ずっと忘れたままでごめん」

「……はいっ」

「俺のこと、守ってくれてありがとう」

「いいえ。私がそうしたかったんです」

「こんなにも辛い思いをさせてごめんな」

「私こそ、辛い記憶を思い出させてしまってごめんなさい」

その言葉には、明確に首を横に振った。

「いいや、君と過ごした日々を忘れる方がもっと嫌だよ」

先日、ひとつ屋根の下で生活を共にした時間も、数年前に恋人として一緒にいた時間も、そのどちらも、今度こそは忘れたくなかった。

それから、いろんな話をした。

以前、同棲してみたい、手料理を食べてみたい、なんて俺が言っていたから、
今回再会してそれを実現していたのだということ。
それを勝手に実現して、勝手に勝ち誇っていたこと。
そんな話に花を咲かせて意識を逸らしていた。
もう、終わりの時間は近いと悟っていたから。
そして、そういう悪い予感ほど当たるものだ。

「お兄さん、そろそろ……」
「…………」
「私って本当はここにいちゃいけない存在だから」
「…………」
「きっと、今のお兄さんなら私がいなくても大丈夫」
「……そばにいて、欲しいんだよ」

つい、本音が漏れた。

「……うん」

一度漏れ出すと、とめどなく思っていることが口から溢れ出しそうになって。

「やっと思い出したのに……っ！」

「また恋人として隣を歩きたい」

「一緒にしたいこと、まだたくさんあるんだよ……」

俺の引き止める言葉は、けれどもうほとんど彼女に届いていないみたいだった。

気づけば、少女の反応は薄くなっていて、本当に終わりが近いのだと理解する。

現世に留まることが難しくなっている、つまりは未練を晴らして、もう成仏してしまえるということなんだろう。

なんて言葉をかければいいのだろう。

最後だと思うと、余計になにも思い浮かばない。

反応も、動きも、鈍くなっている少女だったけど、それでも不意を突かれた。

「――っ!!」


少女は、自らの唇を、俺の唇に重ねていた。

「ふふっ、ずっとしたいと、思ってたんですよ」

「…………」

「お兄さん、奥手なのか、全然そういうこと、してくれなかった、ので」

そういうところも素敵なんですけど、とか細く呟く。

「これから何度だってキスできる。俺も勇気を持って行動するから……」

だから、そばに居てくれよ……。

「お兄、さん……。泣かないで」

高校の頃、周りが先輩と呼ぶ中で、自分だけ特別がいいのだと、お兄さんだなんて不思議な呼び方をした少女。

そんな君のことが、心から。

「大好きだよ……」

ありがとう、と。
私も大好きです、と。
そう言われた気がした。

けど、少女の姿はもうなかった。
元から、そこには誰もいなかったみたいに。
でも、俺は覚えてる。

覚えているし、もう忘れない。

恋人として過ごした学生時代も、二人で一緒に生活した不思議な同居期間のことも。

この記憶を持ったまま、未来に進もうと。


あれから半年して、部屋から引っ越した。

少女の面影を感じて辛いから、ではない。

少女が、俺に対して前に進めと言っているような気がしたから。

その門出に、教えてもらった少女のお墓までできた。

「あっ……」

先客がいた。そう思ったら。


「え、あれ」

少女のお墓にいた先客は、大学で一緒の、例の子だった。

「待ってたよ」

向こうは俺が来ることを承知の上、だそうだ。そして、まさかの言葉を続けた。

「妹のことを、ありがとう」


どうやら、この人は少女の姉だったらしい。言われてみればどことなく似ている気がする。

「貴方が、私を好いたと勘違いしたのは、きっと記憶を無くしている中でも、妹の面影を追っていたからだと思うよ」

「…………」

「だから、改めて妹をありがとう。こんなにも想ってもらえる妹のことを、少し羨ましいと感じるもの」

俺は、なんと言っていいかわからず、その場に佇《たたず》んでしまう。

でも例の子は、そんな俺の意に介さず、一枚の封筒を手渡してきた。

「これを渡すために待っていたの。これは、貴方のものだから。まだ誰も、親でさえ中は確認してない」

封筒を開けてみると、中には「お兄さんへ」と書かれた便箋があった。

「じゃあ私はこれで。ちゃんと渡したからね」

確認するように言うと、続けて「それと」と言った。

「そのうちご飯でも行こう。妹の話を聞かせて欲しい。きっと私の知らない妹を知ってるだろうから」

今度こそ、またね。と背を向けていった。

手元にある便箋を見やる。

これは、どうやら少女が生前に書いたもののようだった。

それが、余りにも少女らしくて、笑みが漏れた。

きっと、これから先、いろんなことがあるんだろう。それでも、この少女からの手紙と、少女と過ごした記憶があれば、なんにだって立ち向かえる気がした。

少女は、俺の道標なんだ。

『お兄さんへ
お付き合いして一年が経ったね。
おめでとう。

お兄さんの恋人になれて、毎日の笑顔が増えました。

いつもありがとう。


いつも支えられてばかりだけど、甘えてばかりだけど、そんな私を受け入れてくれるお兄さんが頼もしくて大好きです。

いつもいつも感謝してるんですよ。


ただ、こうも思います。

私に向けてくれる優しさと同じだけの優しさを持って、自分にも優しくしてあげてください。


もっと、自分を大切にしてください。

私にとって、この世で一番大切な人のことを、大切にしてください。

私も、いっぱいの優しさを持ってお兄さんの隣にいるから。

これからもっと、そんな優しさや、笑顔や、思い出や、愛おしい日々を増やしていこうね。

お兄さんの方が一年早いんだから、私が卒業するの待っててください。

そうしたら、同棲して、ご飯作って、そういうお兄さんの理想を叶えてあげますっ。

楽しみな毎日を作っていこうね。

お兄さんの恋人より』

これは一生に一度の、忘れられない奇跡みたいな恋の話――。

完

原 案 提 供

「一瞬の優しさ」
(@0530mumei)

「ただの友達」
(@bccnk611)

「かえるの王さま」
(@8sr13)

「元カレの柔軟剤」
(@mineha935)

「くしゃみ」
(@hiori_1014)

「私を好きじゃない貴方」
(@twi_60)

「通学電車」
(@annn_kuma)

「助手席」
(@nagai158)

この物語はフィクションです。実在の人物、団体等とは一切関係がありません。

冬野夜空先生への
ファンレター宛先

〒104-0031東京都中央区京橋1-3-1
八重洲口大栄ビル7F
スターツ出版(株)書籍編集部気付
冬野夜空 先生

すべての恋が終わるとしても

140字の忘れられない恋

2024年1月28日初版第1刷発行

著　者　冬野夜空

発行者　菊地修一

発行所　スターツ出版株式会社
〒104-0031東京都中央区京橋1-3-1
八重洲口大栄ビル7F
出版マーケティンググループ
TEL03-6202-0386（注文に関するお問い合わせ）
https://starts-pub.jp/

印刷所　大日本印刷株式会社
Printed in Japan

D T P　久保田祐子

編　集　森上舞子

ISBN　978-4-8137-9302-1　C0095

すべての恋が終わるとしても
140字の恋の話
冬野夜空《ふゆのよぞら》／著
“すべ恋”シリーズ第1弾
TikTok大反響!!
30秒で泣ける、
切ない恋の超短編
TikTokクリエイター
けんご小説紹介との特別対談収録！
140字で綴られる、恋の始まりと終わり——。
「もっと早く告白しておけばよかった」幼なじみの彼は言った。慎重なところが魅力な彼だけれど、今回はその人柄が裏目に出てしまったらしい。「元気出して」「まあ大丈夫。お前は俺みたいに後悔するなよ」こんな時ですら私の心配だ。でも、私はそんな彼のことが——。「じゃあ、後悔しないように言うね」
（本文より『後悔しないように』引用）
定価：1375円（本体1250円+税10%）　ISBN：978-4-8137-9135-5

すべての恋が終わるとしても
140字のさよならの話
冬《ふゆ》野《の》夜《よ》空《ぞら》／著
“すべ恋”シリーズ第2弾
共感＆感動の声続々!!
30秒で泣ける、切ない別れの超短編
小説紹介インスタグラマー
くうとの特別対談収録！
140字で綴られる、出会いと別れ、そして再会――。
「またね」それが彼とお決まりの挨拶だった。また次の機会にね、そんな意味を込めて。互いに進路が変わっても、恋人ができても、いつだって次があると思ってた。でも。「ずっと好きでした」「ごめん、俺結婚するんだ」一歩踏み出そうとした日、彼との距離を誤って。その日最後の挨拶は『さようなら』
（本文より「別れの挨拶」引用）
定価：1485円（本体1350円＋税10%）
ISBN：978-4-8137-9230-7

ISBN 978-4-8137-0831-5

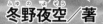

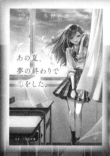

満月の夜に
君を見つける
冬野《ふゆの》夜空《よぞら》／著
単行本版限定
特別番外編
付き！
“幸せになればなるほど死に近づく”
少女との切ない純愛
満月の夜、君と出会うまでは僕の世界は灰色だった——
家族を失い、人と関わらず生きる僕は、教室の隅でモノクロの絵ばかりを描く日々。そこへ儚げな雰囲気を纏った少女、水無瀬月が現れる。絵を通じて距離が縮まるうち、次第に彼女に惹かれていく。しかし彼女の視界からはすべての色が失われていき、"幸せになればなるほど死に近づく"という運命を背負っていた。「君を失いたくない——」月夜の下、消えゆく彼女の輝きを見つけるために僕は走り出す——。満月の夜の切なすぎるラストに、心打たれる感動作！
定価：1540円（本体1400円＋税10%）
ISBN：978-4-8137-9190-4

それでもあの日、
ふたりの恋は
永遠だと思ってた
スターツ出版 編
楽曲コラボコンテスト発
5分で泣けて共感できる、
切ない恋の短編集
大人気シリーズ
「交換ウソ日記」
櫻いいよ
＼作品収録！／
——好きな人に愛されるなんて、奇跡だ。
【収録作品】「空、ときどき、地、ところにより浮上」櫻いいよ／「エイプリルフール」小桜菜々／「桜新町ワンルーム」永良サチ／「寧日に無力」雨／「君と僕のオレンジ」Sytry／「あの日言えなかった言葉はいつかの君に届くだろうか」紀本 明／「つま先立ちの恋」冨山亜里紗／「たゆたう。」橘 七都／「涙、取り消し線」金犀／「結婚前夜のラブレター」月ヶ瀬 杏／「君の告白を破り捨てたい」蚕気羊／「もうおそろいだなんて言えないや。」梶ゆいな

花火みたいな恋だった

小《こ》桜《ざくら》菜《な》々《な》／著

幸せを探す
すべての女子が
共感！

傷ついた日に読む
20代の恋の処方箋

苦しい恋ほど、諦められないのはなぜだろう——。

浮気性の彼氏と別れられない夏帆、自己肯定できず恋に依存する美波、いつも好きな人の二番目のオンナになってしまう萌。——夢中で恋にもがきながら、自分自身の幸せを探す全ての女子に贈る、共感必至の恋愛短編集。

定価：1485円（本体1350円+税10%）　ISBN：978-4-8137-9256-7

スターツ出版人気の単行本！

『これは勇気の切断だ』

もこう・著

病気をきっかけに不登校になった中学生時代。リアルが充実し始めたけど、卒業する頃にはまた友達が０人になっていた高校時代。アルバイト先の皆で行くボウリングに自分だけ誘われなかった大学時代。あえてパジャマで出社した社会人時代。もこうが“もこう”になるまでの全てをここに大公開。

ISBN978-4-8137-9292-5　定価：1540円（本体1400円＋税10％）

『＃今夜全てを告白します』

スターツ出版・編

真実の姿が晒される、SNS×多重どんでん返しアンソロジー。優等生、人気者、人格者、理想の高校生、――それは本当に？【掲載作家・作品一覧】「ホンモノニセモノ」紀本明／「そして彼女は姿を消した」結木あい／「青き罪は、瞬く間に」夜野いと／「今夜、あなたに告白を」深山琴子／「僕と彼女は共犯だった」遊野煌

ISBN978-4-8137-9274-1　定価：1430円（本体1300円＋税10％）

『僕の零した涙の雨が、君の光となりますように。』

音《おと》はつき・著

美波は自分が“普通”なことに悩む高２女子。美波のクラスに転校してきたのは、穏やかで不自然なくらいに優しい粋。すぐに人気者になった粋は別世界の人だと思う美波だが、隣の席になり仲良くなる。しかし、粋の優しさは彼が起こした悲しい過去によるもので…。タイトルの意味を知った時、涙が溢れて止まらない！

ISBN978-4-8137-9273-4　定価：1485円（本体1350円＋税10％）

『恋のありがち』

青春《せいしゅん》bot・著

TikTokで話題沸騰！1000万いいね突破！イラスト×恋のあるあるに３秒で共感!!「やば、めっちゃ青春…。自分に当てはまりすぎて泣ける！笑」(ニコさん)、「恋すると変になるのが私だけじゃないって思うとほっとした。」(Fnekoさん)、「どんな恋も振り返ると眩しくて、また恋をしたくなった！」(あいすさん)

ISBN978-4-8137-9268-0　定価：1540円（本体1400円＋税10％）

書店店頭にご希望の本がない場合は、書店にてご注文いただけます。